風語者

FENGYUZHE

毕邦华 著

黄河出版传媒集团
宁夏人民出版社

图书在版编目（CIP）数据

风语者 / 毕邦华著．-- 银川：宁夏人民出版社，2022.12

ISBN 978 - 7 - 227 - 07708 - 4

Ⅰ.①风… Ⅱ.①毕… Ⅲ.①诗集 - 中国 - 当代 Ⅳ.①I227

中国国家版本馆 CIP 数据核字(2023)第 001317 号

风语者 **毕邦华 著**

责任编辑 杨敏媛
责任校对 陈 晶
封面设计 文飞燕
责任印制 宋 华

黄河出版传媒集团
宁夏人民出版社 出版发行

出 版 人 薛文斌
地 址 宁夏银川市北京东路 139 号出版大厦（750001）
网 址 http://www.yrpubm.com
网上书店 http://www.hh-book.com
电子信箱 nxrmcbs@126.com
邮购电话 0951 - 5052104 5052106
经 销 全国新华书店
印刷装订 四川金邦印务有限公司
印刷委托书号 （宁）0025186

开本 880 mm×1230 mm 1/32
印张 5
字数 120 千字
版次 2023 年 3 月第 1 版
印次 2023 年 3 月第 1 次印刷
书号 ISBN 978 - 7 - 227 - 07708 - 4
定价 38.00 元

·序·

柳叶开时任好风

叶延滨

友人荐读诗集《风语者》，读了诗稿，感兴趣！这是一本非专业写作的诗人完成的诗集，作品不追潮流，也不按眼下的行情写作。诗人写的都是自己的真情实感，是一部以诗明志、以诗言情、以诗写心的个人化程度很高的诗歌作品集。读这些诗可以看出，诗歌是诗人生活的伴侣，是他倾诉和交流的对象。读这部诗集，我常为诗人的真情所打动，也为一些诗作因诗人有感而发，较为匆忙完成，艺术上尚不完美感到遗憾。毕竟瑕不掩玉，真情和真实人生的体验，是这些作品形成的基础，所以读这些诗，如同读玉。细细品味，有了一些感受在这里与大家分享。

这部诗集是诗人情感生活的真实写照。真情是诗人完成这些作品的动力，也是读者得以完成阅读的动力。因情而生，以情动人。恰恰是这些充满情感的诗作，让我们重温了诗歌的本质：诗缘情。我多次说过，所有的文学作品其实都在讲两个字：事情。凡以事为线索和悬念，推动读者完成阅读者，文也，叙事说理；凡以情感推动读者完成阅读者，诗也，情动于心。毕邦华的《风语者》，就是一部以爱情为主线的抒情诗集。抒情风格十分鲜明，如诗作《你不在，我把头颅仰成天》

就是这样一首诗："你不在，我把头颅仰成了天/两朵乌云，嵌成一双乌黑的眼//不知哪一根末梢是引信/心一酸，雨点便落满了你的衣襟//你不在，我把双脚走成你我/左脚迈出右脚跟上，须臾不离//弯路如镰，割痛了莠草些许/垂柳俯下身来，聆听风过处的和弦//我的苦难，是我幸福的源泉/我的悲哀，是我随身携带的口粮//我从尘世走过，最美的收获/就是在一棵树的面前，长成树的模样//你不在，我仿佛一个重症病人/高压状态的血管，不堪这突如其来的重负//所有的点滴不分昼夜，所有的时光屏住呼吸/我大病不死，必有后福。"这是以第二人称完成的爱情诗，向离去的心上人倾诉。一连串的比喻，如诉如泣，一层层地推进，波起浪伏。这里有传统的呼天抢地，"头颅仰成天"；也有个人独特的体验，"双脚走成你我，左脚迈出右脚跟上"；更有精神的舍利子，"我的悲哀，是我随身携带的口粮"。还有一个医人才有的比喻，"高压状态的血管""我大病不死，必有后福"。这是一首很完整的作品，情感饱满，比喻生动，层层推进，直抵人心。而且第二人称的写法，让读者仿佛站在诗人的面前，成为诗人倾诉的对象，能更好地体验和分享诗人的情感风暴。

直抒胸臆，尽情发挥，是抒情者常常运用的方法。然而，一吐为快的宣泄，也容易造成读者审美疲劳。诗坛上对抒情诗的吐槽往往是这种情形。前些年诗坛反抒情，多是因为抒情的无节制，情感的空洞和虚假。情真意切，不是一句空话，对诗人来说，就是要将真情用恰当的方式传达给读者。这是问题的焦点，不要用别人用滥的词藻，不要说别人说过的话，最好的抒情应有让读者记得住的细节。细节决定成败。如《那年冬天》这首诗："那个冬天，一个七岁的小丫头/突然失去妈妈，内心该有多么冷//那时，我跟你一样年幼/只晓得林边的那一泓清泉，刹那间/飘过一丝阴云/就像你清澈的眼睛，忽然忧郁起来//这些年，我为生活忙碌/许多人许多事，早已忘记/但儿时这件事，刻骨铭心/一个七岁的男孩，从此懂得什么叫悲悯/多想告诉你一个秘密/很多年前/你家凉亭下，那一盒盒火柴/是我偷偷放在那里的//我怕你像那卖火柴的小女孩/度不过那个寒冷的冬天。”诗人在这里写了自己幼年的经历，两小无猜的友情和关心。在这里，诗人用了一个细节，借安徒生的童话写自己放在凉亭下的一盒盒火柴。火柴就是细节，点燃诗人的灵感完成作品，也点燃读者的心记住这首诗。

细节也许是诗人生活中的，也可能是从其他地方借用的。关键是要用得好，用得恰当，不要生搬硬套。诗作《山楂树》是以树写人，抒发爱情寄托思念：“荒原有谁来，暮色四野/一棵山楂树依偎着一棵山楂树/仿佛一对耳鬓厮磨的恋人//细微的风，捎来它们的喃喃细语/一双纤细的手，递来一颗灼红/我感觉唇边的手，有点冷/禁不住把她拥入怀中//那些山楂树静静望着我与她/就像我们望着它们/此时，我突然爱上这无边的荒凉。”这首诗比较简洁，形象也鲜明。然而，我之所以认同诗人给我们传递的情感，是因为我曾看过《山楂树之恋》的影片，心中认同了山楂树与爱情之间的象征。这是一种借代联想的手法。由此及彼，进行再创作。诗人更进一步，意象叠加，时空穿越，让更少的诗句融入更丰富的情感，如诗作《入木三分》就相当精彩：“一个异乡人/窗下聆听幸福/高墙边，仰望明月/诗经中消遣长夜/一夜三地，不曾有过的幸福/全给他拥有了//他把中秋夜当除夕过/无眠，坐等月出天明/还要燃放一串爆竹，除旧迎新/还要研墨挥毫作诗/把日子像一张宣纸铺开/让浓浓的爱，入木三分。”这里写的是游子在外思念亲人，却用窗下、高墙、诗经三地写出游子之心念；同时又将中秋当除夕，把日子当宣纸，将爱与思念入木三分地写成诗。思乡之思，情感之苦恋，皆是空幻的心境，然而诗人通过时空叠加穿越，赋予形态和氛围，这些形态氛围的完成，让读者读诗如身临其境，更能分享诗人的心境。

读者和批评家常常也很苛刻，因为他们毕竟不是诗人的亲友团，他们读诗是欣赏者，也是艺术的消费者。没有真情，读者不认可。只有真情，没有新鲜的感受，读者也不买账，一句话，诗若没有新意，读者也就离你而去。这是诗歌写作的命运，一要真，二要新，求新求变，也就是在艺术上不断创新。创新者，新意新境寓于新的意象。许多人身在信息时代，一动笔还是石磨油灯，还是山道弯弯，落笔就错。新之最简约的门径就是新的物件和细节。如短诗《一块怀表，表面入睡了》："落日，被夜囫囵吞下/缺心差肺地一躺下，便打起呼噜//一块怀表，表面入睡了/内心却一刻没消停/美轮美奂，如一幅静物写生//因为善良，所以身陷囹圄/因为承诺，所以恪守分分秒秒。"诗人用怀表的外在的静与内在机械的不停走动，抒发自己此刻的心情。这是读者会有共情的体验，没有惊人之笔，也没有意外之奇。然而用了一个别人想不到的意象，说出了大家共有的体验，这就是创新。其实，悲欢离合，古今皆同，然而不同的时代，人们有不同的处境和背景，也有了不同的波澜风采。如诗作《车如人生》："又到八时，所有的车辆倾库而出/黑的白的胖的瘦的/有壮如悍马有瘦如摩托/有衣冠楚楚，招摇上路/进口车漆上好轮胎/如一套名贵西装配上一双锃亮的皮鞋/也有邋遢不堪，一身车污上路/也有平常如雨燕，普通如大众/在市井中安然信步/只是这芸芸众车，能否在暮归的时刻/安然入库/途中有几辆违规几辆抛锚/或一去不归，如我英年早逝的同窗。"早晨上班时，车水马龙，大家都有上路堵车之体验。诗人把这幅日常生活场景抓住，以车寓人，在车河中看到了人生种种。这也是创新，抓住新的景象，寓以新的体验，也就画出一幅今日的"清明上河图"，触及读者的痛点，从中得到新的启示。

在这部主要是诗人抒发个人情感的诗集里，大部分的作品是爱情诗，写尽个人的悲欢思念。这些作品，真情真心，真切感人。除了这类作品，还有一些作品，写出了诗人对社会的观感，触及了现实生活的痛点。这些作品数量虽少，分量颇重，因为这些作品说明诗人的社会良知，写出了诗人的大爱悲悯。如《天使之死》就是一首叙事性很强的抒情诗，值得认真研读：“你有没有见过/一个把死看作归家的人/我见过，在医院的急救室/一个三岁孩子的母亲/其实她更像个孩子，稚嫩的面孔/洋溢着天使般的光芒//吸氧、洗胃、注射/慢慢地她醒了，从迷幻中/一切出奇的平静/余光，似乎瞥都没有/站在她床前的丈夫/还有边上妖娆的小三//一只手，弱弱的软软的/又绝然地拔掉点滴/似乎死，只是一个走错路的孩子/踏上了归家的路/像一株家乡的海英草/回到无忧的年华//我不知道该受多大的委屈/才饮毒如饮琼浆/我不明白一颗心如何的冷/才变得如此绝望/我看见你渐渐苏醒/就像儿时的妹妹，从襁褓中醒来//我看见你的丈夫，丢下你/将小三送出门外/这一切，远方的父母全然不知/此刻，我多想脱下白大褂/摁住这对奇葩，让他们在你床头/长跪不起//陌生而又熟悉的妹妹/你用死的方式，可能也许/会维持一段死亡的婚姻/但我以一个医生常识，毅然地告知/一颗鲜活的心与行尸走肉/绝不匹对，绝不。”这首诗有一个完整的故事，做为医生行医的经历，一个发生在急救室的故事，是当今社会的一个截面，也是对社会风气的一个切片。诗人在关怀一位垂危的病人，更关怀一个破碎家庭的受害者。由己及人，以己度人，关爱弱者，抨击丑恶，这就是诗人的天职。这首诗在这部诗集中分量很重，因为诗人也需要度人度己，以大爱拥抱世界，也让诗人从自我的悲欢中走出来。

毕邦华是位有才华的诗人，有真情，有大爱，也有可期待的前景。他的爱情诗大多凄美低沉，但我也读到他从中走出来的诗篇，在健身房里《挤尽最后一滴汗》“扩胸、拉背、提踵/一次次外展，一次次提起/胸怀如此宽广，方能做你归来的依偎/面对生活的重负/脊背不弯，你才有一丝宽慰//你不在，我依然阳光/所有力气用在撸铁/许多人惊叹，我使不完的力/可亲爱的，只有我知道/挤尽最后一滴汗，才能没劲想你”。这首诗写得阳光向上，充满希望。走出自我小天地，自有天地大前景，诗集后部《我和祖国有个约会》写道：“我该和你有个约会/是在蒹葭苍苍的河洲/还是在六朝故地的城中/要不，这上下五千年的恋情/为何了然于心……”这些诗句向读者展示了诗人更开阔的心胸和更广阔的视野，我相信，诗人会写出更多更美的诗篇。

是为序。

2022 年 5 月于北京

叶延滨，当代诗人、作家、评论家。历任四川《星星》主编、中国作协《诗刊》主编、中国作协诗歌委员会主任。著有诗集、文集共 54 部。代表诗作《干妈》获中国作家协会（1979 年—1980 年）优秀中青年诗人诗歌奖，诗集《二重奏》获中国作家协会（1985 年—1986 年）第三届新诗集奖，诗歌、散文、杂文分别获四川文学奖、北京文学奖、十月文学奖、青年文学奖等百余种文学奖。作品先后被收入国内外 600 余种选集。

目录 >> CONTENTS

每一株草木，都是信使

一只斑头雁掉队了
唐山田志伟
车行千里，追赶迁徙的鸟群
痊愈的羽翼，掠过苍凉

比田志伟更执着
我用一部《草木人间》，寻你而去
见字如晤，我看见你的目光
掠过一页页心事

拆去所有的网捕
斑头雁，了却一桩宿怨
大地深处
每一株草木，都是信使

一曲《等你等了那么久》
放了很久
合起书吧，我想听你闲言碎语
隔墙有耳，墙上长草

因为你，我苟活于世

可以挡我于千里之外
无法阻碍一颗颗音符，穿林掠水
在凌晨或深夜，常去看你

山高林远，敌不过一阵风的率性
横亘眼前的雷池，正襟危坐
风过处，最怜你眼角点点晶莹

尘世的魔，还在梦魇
萨克斯哨片，经不住唇的坚韧
沾染一丝黎明的血色

河马沿着干涸河道，寻找食物
羚羊的蹄子，踢爆了狮子一只眼睛
努比亚山羊即将决斗

英雄的时代随着剑戈，零落成泥
抗争与妥协，我学会面壁修行
有什么比你归来，更值得苟且余生

青　鸟

你我之间，从未走远
分离的这些日子，总有一只青鸟
反复地落在枝头

可以过河拆桥，可以平地一座山
但你无法阻止，一个灵魂与另一个灵魂
心有灵犀

一切都可以忽略，只有那只三足鸟
如此真实
一觉醒来，几乎触手可及

你不在，我把头颅仰成了天

你不在，我把头颅仰成了天
两朵乌云，嵌成一双乌黑的眼

不知哪一根末梢是引信
心一酸，雨点便落满了你的衣襟

你不在，我把双脚走成你我
左脚迈出右脚跟上，须臾不离

弯路如镰，割痛了莠草些许
垂柳俯下身来，聆听风过处的和弦

我的苦难，是我幸福的源泉
我的悲哀，是我随身携带的口粮

我从尘世走过，最美的收获

就是在一棵树的面前，长成树的模样

你不在，我仿佛一个重症病人
高压状态的血管，不堪这突如其来的重负

所有的点滴不分昼夜，所有的时光屏住呼吸
我大病不死，必有后福

此时，剑鞘握疼了剑刃

一只野狗，站成人形
白云夭折了翅膀，染缸张大巨口
剑鞘握疼了剑刃

一夜之间，鸟插上草标
樱桃，被亵渎于股掌之间
所有的落红、爬虫，一律摆上餐桌

邀功者，个个肠肥脑满
风，说着不懂的语言
在岁月深处设伏，然后伺机一击

起于青萍，止于草莽
中风一招，便如犬类打断脊骨
此时你种的花，繁衍了你的余香

大地多情，克隆了岁月如初
让所有的果实顺着引力，选择归处
清风徐动，拂动你的裙摆

两棵银杏，努力地接近对方
无花果，舞动掌形的叶
一眼认出归来的故人

又见梨花开

一场微凉又至
梨花带雨，两腮微红
宛如一朵云，飘落尘世

远处的雪，被爱溶化
一曲高山流水
在你身边低眉行走，不能自持

宿　怨

一记闷棍打来
大地失去了重心，不知过了多久
一只瓦盆，翻扣过来

多年前外祖母，拿着勺子
一下一下敲着瓦盆
我就像昏死的鸡，在外祖母掀开瓦盆的瞬间
魂兮归来
我站立之时，必将那闷棍执成利刃

清风明月，你一袭白衣打马归来
瞠目之处，我手起刀落
了却一桩宿怨

萨克斯

好久没有和你言语了
一位诗人，用颈下萨克斯
一步步走近你，夜褪去了黑色素
这世界渐渐明朗起来
一颗颗音符，随着手指发出指令
宛如一阵阵声波
瞬间，洞穿尘世的炎凉
依次抵达你内心的柔弱，泪水和委屈

车行戈壁

至柔，莫过风与水
然物极必反
从岩体到砾石再到沙漠
也可这样说：坚硬、瓦解、粉末
自然的祭台上，不问出处

在黑与昼更迭中
时光用它的鬼斧神工
重新诠释了，铁打的江山石砌的墙
是多么苍白无力
此时，你临风而立

车行戈壁，两块紧挨的砾石
闪烁着哲学的光芒
相对于永恒，更漫长的岁月里
我们都渺若尘埃

风水挟之而流，沉积于某一层面

多少年后的你，多少年后的我
是谁，一切都是虚无
眼下最紧要的是，在有限的生命里
无限地爱你，车行戈壁
多少事可以取代，唯你独一无二

西　川

还记得额尔齐斯河吗？娘子
站在滔滔江岸，我一时泪如雨下
这是境内，唯一流入北冰洋的江川大河

今天，一位诗人携万顷波涛而来
泪水淹没了浊流，悲愤给城门贴上封条
让条条大路都通往罗马，让我的歌一泻成湖

江河东流，一条河径自西去
一种人格特立成亭，一座湖面别样清澈
我用余生，等你西窗剪烛

噩 梦

一个在白日行走的钟摆
也无法在月光下停住脚步
梦，常不请自来
我想击其软肋，它却沉肩坠肘
一时火起，索性给一记摆拳
时光读着秒数
命运的看台上，我目空一切
常自认为风流倜傥，末了
才发现自己是一个苦行的僧人

以般若的名义

爸，勿念
转告妈，各自过好
小女即日

落款：六月十二日
三时十二分，凌晨还是午后
星球的两面

如此言语，甚慰
一根线，潜入肺腑
串起字字珠玑

最好研墨抒写
一个标点也不能缺失
以般若的名义，嵌入字格

影 子

我走，你也走
你停，我也停
我蹲下身子，想触摸你的脉搏
却听见我的心，在跳

我在前，你在后
我在左，你在右
前后左右，扯拉不断
如日中天的时候，你悄悄地站在身后

有时你长，为了我的短
有时我短，低头看到你的长
太阳隐去的时候，影子拉成了黑夜
最冷的漫长，你无时不在

有一天，累了、倦了
躺在大地中央
那时身与影，入土为安
再也没有一种力量，剥离如影随身

每一滴都是心事

茅屋为秋风送行
一棵木棉挡住闪电去路
这一切，如此悲壮
如果我不能以矗立的形式存世
就让我沉落成一口井
与这尘世格格不入

炎天，透着一股寒气
更多的日子里，想望穿头顶那点蓝

一切都可以重来，厚土之下
只因清澈如初
燕子还会回来，木棉的伤枝在春风中痊愈
晨光，一座院落画一般呈现
归来的伊人啊，掬一口古井的水
娓娓道来，每一滴都是心事

在故园，黑暗的土地上
一轮清辉，闪熠着明月般的光芒

总有一些果实，在尘封中修行

暮合时分，坐在桌前冥想
忽然，吱呀一声，有人推门进来
熟悉的脚步由远及近
空气也弥漫熟悉的气味

那只小围裙，像一只蝴蝶翻飞
最后落在你纤细的腰际
寂寞的厨房，顿时雀跃起来
锅和铲宛如你我
走到一起，总有不尽的话题
灶台的缝隙间，擦不去旧日的痕迹
多希望这一切是真的
我捡起遗落地上的一粒谷子

酵素依次排开
总有一些果实，在尘封中修行
即使隔绝于器皿，终究也敌不过
一棵草木与生俱来的清香

你的来信

一地禾苗，偏没了雨水的滋润
放下吧！我远方的亲人
即使颗粒无收，还有来年
在北方，一颗执着的心
把你的每封来信每一个字，种在蓝天

让每颗向上的心，在大地的冠状面上
呈矢状放射
没有谁游离于生命之外，乔木抑或禾苗
在你的语境里
每一个字符，我都视为珠玑

我想做一回你

长久的日月里，没有见你
我想做一回你
最美的年华，最好与我擦肩而过

把你所有衣服，依次穿上
走过曾经的大街小巷
去感觉你的匆忙与艰辛，自信与美丽

我会在每一个夜晚，和衣而眠
熟悉的气味，从未走远
一切似曾相识，你是否一如我的多情

长久的日月里，没有见你
我想做一回你，把你所有的委屈找回
然后手起刀落，看你会心一笑

把走过的路走一遍，把所有苦难一一背起
在没有你的日子里
忠贞，是今世留给自己最后一点本钱

我的爱很一般，却偏遇了秋风烈焰
教黑暗屏住呼吸，惶恐到天明
一片火烧云多么美，宛如你绯红的面颊

长久的日子里，没有见你
我想做一回你，哪怕是稍纵即逝
眼下时光，从此不再虚无

迟献的诗章

沉浮间，一根稻草
掂量着人心
太顺的日子，爱常是一种标签

可以说，也可以涂鸦
就像眼下一些新潮、前卫
这么多年，我一直不明是非主流

高速同行，很少关注两侧绿荫
就像你一双眼睛，如此专注
宛如从未离座的副驾

一月，凌晨，海拔五千
气压患了尘世起伏，最后一瓶氧给你
煎熬中，仅此而已

又见鼓浪屿

所有的风情，因你而生
假如近旁，没有一株木棉
作为树的形象，伴我

所有的热爱，因你而起
假如在水一方，一朵鸢尾花
偏遇了一场霜凉，喑哑了歌喉

写诗的女人，赋闲的贵妇
所有的诗情与惬意，在你面前
变得多么琐碎和微不足道

二十年前，新婚的你
从菽庄花园走过，风情万种
暗淡了一园闲适与显赫

又至厦门岛，又见鼓浪屿
一叶扁舟独横，不过鹭江
我至爱的娘子未来

只要你轻启芳唇

打蛇先打头，请说出名和姓
即使命如昙花，也要把他拉上祭台
假如有一天，我不再心慈面善
一定是世界亏欠了你

我的隐忍，会教恶鬼也后怕
我会连根拔出，扎进你肉中的毒刺
然后一点一点，再还给他
当你濒临绝境，这世界对我已属多余

可以居高临下，可以狂妄至极
一把鱼肠，研磨许久
我想看看剔除了髌骨，那些家伙的跪姿
为这一日到来，我会默默准备许久

寒莫过于易水，冷莫过于人心

卑微者最易被忽略
咬烂下唇，和着血水咽下去
我将以我的壮烈，换你回眸一笑

我的爱很特别，不问是非曲直
我的爱很固执，没有你还有我吗
岁月如刀剑如虹
死是一件多么轻松的事，只要你轻启芳唇

此时，妈像一位待嫁的新娘

上了一层底霜
妈妈苍白的皮肤，有了光泽
又上了一层彩妆
此时，妈像一位待嫁的新娘

一张婚纱照，来得太迟
我下意识，把那份遗言攥紧
很多年前，父亲思妻成疾
丢下一卷诗文，走了

黑　锅

文火煎、大火熬
熬到最后，我们背的黑锅
清清水早已不见
一层白屑，附在锅边
仿佛我们眼角的泪痕
黑暗边缘的一抹月牙儿

从来不会屈服于外来压力
你我天性如此
当如水的年华，熬成爱的晶体
一切便因果循环
烈火会一刻不停地燃烧
直至把那口锅，烧得四分五裂

活着，不仅是生存

半夜醒来，空旷草地上
传来外婆的呼喊
天空摇曳一道道烛光

今夜七夕
注定一人彳亍独行
城市的缝隙，留有你我的痕迹

多希望，这是儿时一次出走
或一次捉迷藏，手松开了
一脸笑意站在面前

一棵树夭折了，如何直面归来的燕
活着，不仅是生存
一段没有你的路，独自走好

等你，权作修行

一望可见，却隔着万重关隘
我不敢言语
怕打乱上苍的安排

你不在，我心扉紧闭
把等你，权当作一次修行
想一个人久了，一定会重逢

刹　那

最怕半夜醒来
蛙声，寻着缝隙涌入

一遍又一遍，不厌其烦
唤来了拂晓

注：梵语刹那，译曰念。

花开无妨

两棵牵牛子，挽着手
紫色的花，恣意地开放

当所有的枝条，越过篱笆
当垂下的花瓣，低吻厚土
生命便戛然而止
如此善终，摒除多少旱、虫、涝
还有猝不及防的黑手

岁岁荣枯，最铁的心肠
便也有了一双慈眉善目
从篱笆墙到铁栅栏
牵牛子，横竖一部草木人生

我的院落我做主
两棵牵牛子，花开无妨

我的诗越写越明了

我的诗越写越明了
它是写给一个人看的
与其兜兜转转，不如轻叩门扉
有时读起来含蓄
那是说着我俩的密语
有时读起来唯美
那是诗歌散发的芬芳

有时我急着发表
当我不能面对你，裸露心迹
不需要过分的装饰
片言只语，拉近两颗受难的灵魂
最美的诗写给你
最真的情，忠贞与坚守
如此明了，代替许多冗长与技巧

夜　语

褪去所有的苍健
一支硬毫，在水中释怀了疲乏
有什么比黑更纯净

反侧更迭鸡鸣
一任煎熬，不如开灶淘米
此时寅时，阴气够重

洗净的笔，站起又躺下
一纸荒唐，无法安置内心的安详
最终伏案而眠

回笼一觉回笼饭
阳光并不世情，日子终于像模像样
宛如挂廊，装饰一下门楣

注：挂廊，苏北农村春节时贴在门楣的一种装饰品。

那年冬天

那个冬天，一个七岁的小丫头
突然失去妈妈，内心该有多么冷

那时，我跟你一样年幼
只晓得林边的那一泓清泉，刹那间
飘过一丝阴云
就像你清澈的眼睛，忽然忧郁起来

这些年，我为生活忙碌
许多人许多事，早已忘记
但儿时这件事，刻骨铭心
一个七岁的男孩，从此懂得什么叫悲悯

多想告诉你一个秘密
很多年前
你家凉亭下，那一盒盒火柴

是我偷偷放在那里的

我怕你像那卖火柴的小女孩
度不过那个寒冷的冬天

不会让你孤单

教你失望过，也曾伤害
更多是爱
不会有人像我一样，如此爱你
宛如一对天衣无缝的蚌
流水无情，蚌泪成珠

没有人能把我们分开
我的爱融入你的血液你的文字
你的文字你的血液洋溢着你的情
让我知晓我是你的唯一
许多事看清了，便云开雾散

我不会让你孤单
乐曲如雨，淋湿了中秋的月
一道大洋，形同虚设
爱的方舟，穿越苍茫的海洋

侧耳倾听吧
一颗颗音符，击破所有门窗
薄情，乱了阵脚
沉寂的心，又回到从前
泪水填满了沟壑

假若你命遇桃花

扮猪头，吃老虎
卖油郎，占了花魁
井底的蟾蜍，攀上月中的桂
先生，忠言逆耳利于行
勿交吴起、李甲、镇关西之人

吴起明心，手刃结发之妻
杜十娘遇李甲，跳进滚滚长江
始乱终弃，未必都有善终
镇关西弃了金翠莲，却遇上了鲁提辖
三拳，命归西天

花易谢，玉易碎
假若你命遇桃花，娘子貌美如花
可以平庸，不可以无品
可以与书墨为邻，不可与杨花暧昧
请一定怜香惜玉，终爱一生

入木三分

一个异乡人
窗下聆听幸福
高墙边，仰望明月
诗经中消遣长夜
一夜三地，不曾有过的幸福
全给他拥有了

他把中秋夜当除夕过
无眠，坐等月出天明
还要燃放一串爆竹，除旧迎新
还要研墨挥毫作诗
把日子像一张宣纸铺开
让浓浓的爱，入木三分

石　头

一块石头，高高地抛向空中
又径直落入水里

石头不大，水声很小
除了惊飞那只觅食的水鸟
周围一片安详
我就是那块石头，半生起落

枯木时节，偶露峥嵘
最终没于泥中，悄无声息

遇你成钢

多少人爱你年轻貌美
假意、情欲，抑或真心
只有一个人，默默地
爱你独一无二的灵魂和肉体
爱你朝圣时的虔诚
爱你的任性甚至绝情
爱你殉难的苍凉和无辜

我坚信这个世界
只有我这般地爱你
因为一片云，而神情奋发
因为一根发，而顿生怜悯
因为你，我爱上这寡情的人间
只要你轻启芳唇
我将用我的血，还你朗朗乾坤

朝朝暮暮，清晨的阳光
每一天都是崭新脱俗
岁月辽远啊！因为一个人的缘故
每一天，都如饮琼浆
“这红尘万丈的幸福，教上帝也要嫉妒”
让你我各自修性
把别离，修成圆满

长久的岁月里，不再见你
你如此的高深与广远
胜过人间与天堂
无论天上，还是落入凡尘
你姗姗走来，天使般的美丽
我的爱宛如一块铁
间有杂质，遇你成钢

我与尘世逆向而行

我想把非说成是
把向上说成向下把面南说成面北
把阳当成阴把坤当成乾
把长歌当哭唱作沧海一笑
把离别想成圆满把沧桑想成瞬间
把蓝天和碧海换个位置

我分不清天与地的尊卑
你只有高悬空中
我才能仰望你的晶莹
你只有根入土壤
我才能感受你慈悲的浓荫
泪点砸开一个个坑
我把所有的罪恶埋进土里
它们像地蛆见不得骄阳
野渡无人，一只蝗虫惶恐中
葬身舟下鱼腹

我与尘世逆向而行
让你从缝隙中脱身而去
一只蝈蝈，哥——哥地叫
大地的诗歌，被济慈仁慈地唱响
暮归的鸟，栖落在哪片树林
一只猎豹，孤单行走草地
与这尘世格格不入
生灵万物，终将万劫不复

把人赶进丛林
让麻醉枪失去药性
让被宰被射被烹的，走出笼子
掌生杀大权
让剑与刀，阳光般站在竞技场
把所有的阴谋罚出场外
让英雄不再饮恨
让指鹿为马者，永世为牛马
让世界来一场公平角斗

让所有勇者，在掌声中胜出
让昙花绽放春夏秋冬
让所有的弱者，感受体面和尊严
让枯木逢春让绝境人柳暗花明
我与尘世逆向而行
让别后的你，清晨般地美丽
让过去成为现在，让爱成为一个圆
终点也是起点

末路之美

当霜冻来临，一袭青衣浸染了
夕阳的血色，风也摇曳树也摇曳

尘埃落定，便是穷途
就算色如烈火，也难掩一丝苍凉

北雁南飞，落叶之舞戛然而止
谁说不是参悟了，四季更迭

灭妄想，去青丝，结跏趺座
秋风有多殷勤，便有多少末路之美

越过夜幕去看你

想你，在桌子上
迷糊地睡了
又迷糊地醒了，其实是冻醒
从书房到卧室
瞬间的暖，犹如你的爱意
我把念想分解到每一行文字

即使是标点
也吻合此时的疼痛
你也许不会相信，你走后
我常越过夜幕去看你
回来已是天晓
这就是你的男人，别后的每一夜

灵与肉

两个苦难者，在生命某个点上
如期相遇了
仿佛两个直径相等的半圆
与生俱来的磁力
引导他们，慢慢地吻合一处

假如没有这磁力，短暂之后
新鲜便陈旧了，爱能否经得起洗磨
不是依赖瞬间的拥有
而是呈现你我的温暖，以固有的韧性
触摸灵魂的柔弱

永　恒

伤口是走向内心的入口
用眼睛去爱，往往厌旧喜新
摘下的花，只能放在心室
小心地呵护，如此浅显
却教多少人无视
情欲的欢快，在时间的面前
一下子苍白无力
唯有灵魂切入，才会永恒
宛如月华，扑闪着爱的光泽

站在凌晨三时的门槛

夜深了，万物昏沉
连月亮也睡着了，夜扯一袭云纱
轻掩她皎洁的面孔
我把你别时那件棉袄
放置身边，如你依偎而眠

一只夜莺，盘桓于城市的上空
歌声划破夜的安谧
晶莹的露珠，夺眶而出
大地的睫毛，挂满了忧伤
一个歌者走在天上，倒挂着大脑

有什么人，比我更爱你
站在凌晨三时的门槛
失眠像昼夜更迭，那些仰望者
早已醉心于梦乡
可我是你的夫君啊，你是我的娘子

寺庙里青檀，离悲苦更远些

高墙内，一株青檀孤寂地挺立
比起尘世而言，寺庙里一株青檀
离悲苦更远些
离高僧离大德更近些

清冷未必不是修行
梵音隔绝了刀锄斧锯
一树绿叶，遮掩了多少风声雨声
仰望的心，一次次驻守

风语者

我从不是一个诗人
只是一个风语者
说着风一样的语言

这些话像风一样，转瞬即逝
只有我的爱人
才能捕捉我的喃喃细语

这是我喋喋不休，唯一的理由
站在季节的十字路口
我乡音未改，初心不变

一些话，只说给一个人听
如果有一天，我沉默不语
一定是因为她，喑哑了歌喉

春风不度，这世界一片荒漠

站在十月的阳光下
前所未有的悲苍，一泻千里
我像一个没有归寺的僧侣
守着一段残垣断壁
你不在，我把每一个夜晚
拆成时辰，读着秒数
万千枝条，拂不动一声叹息
当春风不度，这世界一片荒漠

上帝失落子民，我丢失肋骨
沙粒磨砺了双脚
我负剑出行，寻找隐藏的撒旦
泪水入土为净
我给自己准备两种结果
解救出被拘禁的春风
另一种倒在结果未卜的半路
不管是哪一种
都会耗尽我一生的爱

落马湖

扬几番征尘，才能落马成湖
游多少小巷踏多少石桥
才能邂逅我的丁香
光滑多少石板洗白多少青衫
才能牵你穿越旧时弄堂
听多少琴瑟和鸣过多少风雨之舟
才能在落马湖一树临风

你做娘子我是你新婚的夫君
这姗姗来迟的良宵啊
让明月也退舍三千
这剪烛西窗的絮语
让落马湖也缄默无言
前世，我是沦落湖边一介青衫
你是抚琴一曲的船娘

秋风雨露，惊艳了这一汪明眸
直到天荒地老

山楂树

荒原有谁来，暮色四野
一棵山楂树依偎着一棵山楂树
仿佛一对耳鬓厮磨的恋人

细微的风，捎来它们的喃喃细语
一双纤细的手，递来一颗灼红
我感觉唇边的手，有点冷
禁不住把她拥入怀中

那些山楂树静静望着我与她
就像我们望着它们
此时，我突然爱上这无边的荒凉

此时，我忘记世界的恶

那头羊，饱餐一片绿草之后
忽然兴奋地蹬着后蹄
坚硬的头颅
分开被草遮掩的一泓清泉
一股脑儿饮将起来
当我进入大地的私处
我忘记了这个世界所有的恶

天　地

两片鲜红的唇
一朵花贴近另一朵花
经不住春风撩拨

一扇窗帘，宛如大地的面纱
窗外，天风剽悍
闪电，直抵云层柔软的腹部

我战栗的手，正褪去最后一颗胸扣
日历，正月初一
我俩大喜的日子

海　英

一辆破脚踏车夹着一沓蛇皮带
贩私者，惦记上了盐禀白花花的盐
在外围觊觎良久，无法下手

织毛衣的针，落了一扣
苫盐的席子，被一双黑手打开一角
再结实的盐堆，也防不住里应外合

这一年暮冬，百里银滩一株海英
被王小三骗给哑巴的哥，做了媳妇
吴大伯拍桌而起，一声雷吼

洁白的碗撞向地面，碎裂如一地晶盐
惊飞盐埂上栖落的海鸥
远处渔船上，海螺发出呜呜的低鸣

梦 魇

心死了，情也随之殉葬
可以骗一时，无法骗一生
一句，死不同穴
仿佛凌空一鞭，把狂妄抽得体无完肤

厌恶之极，便视若无睹
雏鸟翅膀硬了，窝也散了
每一天都度日如年，我的爱人未来
苦酒一杯，为不幸庆生

子时，把所有的灯打开

眼睛盯着 A 字头车
我伪装成买瓜者，不动声色
有风吹草动，便手起刀落
拦腰一截，红瓤黑心

子时，把所有的灯打开
十头吊灯，九尾射灯
一圈灯带，它们环照室内
使黑暗无处可遁

双人床，寂寞地敞开心事
我褪去一切外衣
时针像把纤细的刀
把暗疾一块块，剔出体外

我只能睡在灯光里

漫无边际的忧伤袭来
把我层层包裹
我一遍遍抽丝剥茧

一块怀表，表面入睡了

落日，被夜囫囵吞下
缺心差肺地一躺下，便打起呼噜

一块怀表，表面入睡了
内心却一刻没消停
美轮美奂，如一幅静物写生

因为善良，所以身陷囹圄
因为承诺，所以恪守分分秒秒

当一只羊躺在狼窝

黑夜如潮，又一次涌来
一张床，再也无法入睡
满腹心事，一阵阵颠簸起来
当一只羊躺在狼窝

我想渡你上岸，把打湿的心事
晾晒在丁字篷
宽大的睡袋，弯套着弯
长发飘香，覆盖与生俱来的多情

刀走心头

欠你的，终究要还
秋风派遣落叶，纷纷如催债
春花秋月，该有多少轻狂
风刀霜剑，又有多少没有察觉的辜负

一年，三百六十五
风语者，呕心沥血诗三百
欠你的，我用血来还
一刀一首诗，每一行都是刀走心头

我不风流，心中自有颜如玉

剑不能寐，腹有杀伐之心
凌厉呼，灿入霜雪一剑封喉

廉者，多有草木之仁
流芳遗世抑或问鼎庙堂之意

人不畏死，非高僧殉教也必万念俱灰
死为一处清净

我不风流，心中自有颜如玉
远方一片浩渺烟波

天使之死

你有没有见过
一个把死看作归家的人
我见过，在医院的急救室
一个三岁孩子的母亲
其实她更像个孩子，稚嫩的面孔
洋溢着天使般的光芒

吸氧、洗胃、注射
慢慢地她醒了，从迷幻中
一切出奇的平静
余光，似乎瞥都没有
站在她床前的丈夫
还有边上妖娆的小三

一只手，弱弱的软软的
又决然地拔掉点滴

似乎死，只是一个走错路的孩子
踏上了归家的路
像一株家乡的海英草
回到无忧的年华

我不知道该受多大的委屈
才饮毒如饮琼浆
我不明白一颗心如何的冷
才变得如此绝望
我看见你渐渐苏醒
就像儿时的妹妹，从襁褓中醒来

我看见你的丈夫，丢下你
将小三送出门外
这一切，远方的父母全然不知
此刻，我多想脱下白大褂
摁住这对奇葩，让他们在你床头
长跪不起

陌生而又熟悉的妹妹
你用死的方式，可能也许
会维持一段死亡的婚姻
但我以一个医生常识，毅然地告知
一颗鲜活的心与行尸走肉
绝不匹对，绝不

雨，来得有点急

雨，来得有点急
肆意妄为已漫过堤岸
心无法把控
远方一片郁郁葱葱

边上老农抖了抖蓑衣
大不了，抗洪
一句漫不经心，砸得雨点四溅
悬顶那壶水，夺路而逃

一切归于宁静
那只青蛙鸣叫不停
多希望这是一部童话
你却迟迟未归

沙与戟

让春风不度让杨柳止步
折戟沉沙，暗度了多少风雨侵蚀

心若戟，只生锈不长草
沙若你，疏落多少风花雪月

撇开胜败，一场旷世姻缘
叫始作俑者颜面扫地

锈色如血，铁戟如针
一朵血染的花，别在爱人的胸襟

壮　烈

一场不对称战争
弱得一声叹息也不及发出

火舌，肆意地舞蹈
以生命的体液浇灭狂妄

未燃尽般木段，仿佛前朝遗弃下的
一堆骸骨

使我想起这片土地上
因果循环，昼夜更迭的某种壮烈

这份惊喜来得突然

想拥抱照片中的你
进入镜头背后的时光
回眸，我看得见
行走在不同年龄的姣美

突然羡慕，镜头下一片芳草
斜靠的几根木栅栏
它们是如此近距离接触
而我却置身事外

你那样年轻，却一脸苍白
不止心痛，不止唏嘘
当你是我的女人
一声轻叹，都叫我窒息欲死

这么久，杳无音信

一旦拥有，世界所有的不幸
都值得原谅
因为这份惊喜，来得突然

魔芋花

你认识许多男人
他们有些地方很像我
也许一段时间倾情于某个人
他温情脉脉
做出比我更像我的样子
像一朵魔芋花，轻易搞定心地单纯
如一只粉蝶误入

你别着急，我会等你
当你振翅飞离盛满谎言的喇叭花
你会认识更好的我
走了那么多弯路
早一点晚一点，都会错过
当你重新站在寒风中
我会脱下那件随身携带的大衣

2017，为你火了一把

一竿青竹沥干水分
更适合书简记事遥递心思
一个即将溺水的蚂蚁
又多么感谢铭记
凭空而来的一草一木
2017，我把所有的悲愤交给了火

我无视你不在的苍凉
命运给我半斤，我还它八两
不幸的时光里，坚守浪漫
当爱无处不在，薄情便退缩了
让窈窕走进背影墙诗行钻木取火
为你火了一把

绝世佳人

旷原上一棵弱小的树
没理由地关注闪电
枝条如发，迎风相向
仿佛诗文中走出的薄命红颜

一粒尘埃爱上一湖清澈
溺水湖底，也有不可言说的心事
这些人间的至微啊
是我可遇不可求的绝世佳人

爱，毋须言语

爱，毋须言语
刀尖划过肌肤箭矢撞击胸膛
切肤之感油然而生

岩浆抑或春水
一种内心的愉悦溢出
云雨发出呻吟

闪电滑过夜的腹部
轰隆隆，不可压抑的雨点
落满爱人的衣襟

不可测的天坑
侧耳听着大地的脉音
火舌脱腔而出

挫骨扬灰

未出娘胎便挨了一针
又偏遇了一抔贫瘠
但不幸是你的幸运
一棵树撑开浓荫
一只手挫骨扬灰
假如这一切还厚土苍天

我们的故事太过平凡
所以穿插一些跌宕起伏
什么都可以重来
你选择我是个例外
人世待你不公
我还一个疼你的相公

乱　象

混凝土倾泻而下
一些脖子进化成长颈鹿
颈下晃着邀功的章

芳草、地下的蚯蚓及白蚁
遭此灭顶之灾
它们是祖辈居于此的原住民

假以时日，你会看到一条路塌了
一座楼被蛀得危在旦夕
请不要怀疑这些土族的坚韧

断成两截，你活不过蚯蚓
打入土层，你强不过白蚁
谁是谁的危害，请把审判长踢出庭外

祭　扫

苟且易秋风所破
繁缛如阿房，一炬灰飞烟灭

人为供人膜拜
也是一袋烟工夫，最终殊途同归

山上墓穴山下房
一副药几锅汤，人间还是老样

爱而不见

戊戌年甲寅月己卯日
黄帝纪元四千七百一十五年
正月初一

值神朱雀
忌出行、酒令及押赌
居室，静坐、读书、怀想

金陵锦衣卫，一阵风皆不见
明朝那些事，远了
你走时那副春联，卷卧有时

大门不贴边门不挂
待你归来，一纸铺开
给这薄凉的世界，充一次门面

独　守

把所有的羊数遍
把每一棵芳草拔起
又栽下
宛如我躺下又站起

踮起的脚尖乏了
套在颈部的绳却高提着
与其独守这黑夜的黑
不如一眠不醒

念　想

放下，把一切都放下
心室空空如也
让佛入驻还是你

梅女士说得好
不成佛也罢
有你，哪儿不是如来

彼　岸

把所有的时光都填满
把所有的岩缝都打入铁楔
可绿总是在夜深人静的时刻
像一些鲜活的语言
悄无声息地流露出来

当我站在夜的彼岸
当我满含泪水，远方一片苍茫
当我从人群中走过
一个熟悉的背影一件撞衫的衣服
都能勾起颤人心弦的思念

剧　终

假以时日，不排除一场猝不及防
我将抱着一个盒子而眠
你是玉盒里沉睡不醒的美人
拥你入怀，我便宽恕了世界的罪恶

天　眼

那只眼一直禅定
你走时，腺体激活了
开天眼还是般若修行

无与伦比的神通
来得没有一丝征兆
你远在天边近在咫尺

千手千眼那是观音
我有三只眼，观天观地
还有一只，观你

每滴雨，都是你潸然泪下

这么长时间，你在哪
中间隔着什么
一根发被偶遇的风顺手牵羊

我无法淡定，一松手
一片云便落下了
每滴雨，都是你潸然泪下

都是月亮惹的祸

仿佛忍辱负重的媳妇
洁白的盐岭在夜深人静时
脱下阳光的外套
一辆车，形影孤单停在滩涂边
一个女孩，此时已坐成静物
我从对面走过
对你的悲伤一无所知
柳梢那弯明月，被风吹落
一时疏忽，叫金风玉露擦肩而过

恻　隐

先甩后抛
三次过后痛定思痛
找一个不谙世事下手

泪点变成卖点
缺陷竟变异成一种手段
于是恻隐上钩

夏 村

把你所有枷锁卸下
我背后有一片蓝天白云
我脚下的长有惠特曼式的幸福
把你所有的不幸交给我
让夏村的风调剂成一杯鸡尾酒
这是你独一无二的礼物
女儿成熟面孔坚毅
洋溢着你依稀可见的光芒
夏洛茨维尔旷野的风
赶走我大洋彼岸所有的忧伤

注：美国弗吉尼亚州夏洛茨维尔市，当地人又称夏村。

你与我

偌大房间，你与我
静静地相视，又是如此的近
今生与来世，都不过一场虚拟的旅行
面对如此清澈，湿身如何
站在岸边又如何，都等了那么久
一半火焰一半海水
要么水火交融，要么暖你一地苍凉

女郎花

叶是苦茎是苦连根也苦到土
苦到没有下限苦到隐去真名实姓
苦到每一天都饱满得像一朵向日葵花
青幽幽的叶子那是伪装的笑
一肚子苦水呀，自己下咽从不外露

圩　子

认识圩里的人比他早好多年
一个二个三个，挨个下来一定有你
只是数着数着，就睡着了

假如，如果，以一粒盐的名分
走进那圩子，那么多少年后
会不会与一粒晶莹，道一声相见恨晚

无　眠

草睡了风睡了鸟也睡了
大地万物都沉沉睡去
可是我为什么无法入睡

一夜复一夜
思念一阵风来一阵风去
想你的泪，将黑夜一次次漂白

溃疡

未来给我一剂药，服下便忘记以往
白色的液体顺着食管而下
却在胃里遭遇滑铁卢，围着一处打转

挂不住的暗疾突兀而起
那是多年前被一种药所伤
埋在庭院深深，夜深人静时隐隐作痛

请不要以爱的名义

怜悯为不幸大开方便之门
孤狼夹着乌云闯入羊圈
被闪电破相的脸，粉墨登场
以爱的名义，欺骗也变得温情脉脉
但也只能是一时，粉总会掉的
请不要以爱的名义

夕阳如血，西去的列车整列待发
你转身而去的背影教我一时转不过眼眸
桌上你腌制的苦菜侵蚀我整个味蕾
一个苦字，打开所有的掩饰
而羊与狼天性不容，即便苟且

在返回的车中，我为你祈祷良久
而现在是华灯初上，是白昼缓慢退却的交接
明日太阳照样升起，一年前我们就开始了

准备，在先人的坟前立下誓言

心冷了才能放下，有什么比得上
两只羊的礼让和彼此祝福
我不停地用橡皮擦去乌云带来的一片黑
打开羊群揣测的囚笼，让爱与尊严
回归你久别的心间，借助距离互致敬意

车如人生

又到八时，所有的车辆倾库而出
黑的白的胖的瘦的
有壮如悍马有瘦如摩托
有衣冠楚楚，招摇上路
进口车漆上好轮胎
如一套名贵西装配上一双锃亮的皮鞋
也有邋遢不堪，一身车污上路
也有平常如雨燕，普通如大众
在市井中安然信步
只是这芸芸众车，能否在暮归的时刻
安然入库
途中有几辆违规几辆抛锚
或一去不归，如我英年早逝的同窗

末路与迟暮

苍鹫飞走了，啄木鸟飞走了
连闺蜜夜莺也飞走了
无际的黑暗和凄凉笼罩一棵树
所有的许诺只是一层纱
轻风一揭，还原真实与虚伪

一只猎豹千里奔驰
被你的悲伤瞬间击倒
入土为安吧，静与动是孪生的兄妹
清晨，大地一片寂寥
小草的睫毛，泛着悲悯的泪珠

月牙湖

你走了，我去哪
绕着月牙湖走呀走
偌大湖面像一面镜子
我却无法面对
鱼浮出水面，雁子飞出芦苇

那块挡路石，依然横在
我想提醒你，背后却空无一人
一阵风穿林而来
我会捧着一湖清波去见你
在你归来的时候

失　联

一片薄凉，偏逢了温暖如许
一粒沙子逃出荒漠，却邂逅一地芳香
今夜静悄悄，我与整个世界失联

打出你的名字，便唤回以往
天边有你，身旁有海
这个城市，你是我最后和唯一的女人

无眠，不妨黑幕里信步

黑夜太孤独了
爱上我这个孤家寡人
让我做黑色帝国的君王
披阅满腹心机

白与黑水火不容
世界偏给了你月华的一面
黑幕重重
我给你掀开一角

沧海一声笑
无眠，不妨黑幕里信步
来得太迟
错过了清晨与黄昏

两颗晶莹的星星

一眨一眨没有睡意
隔着一张桌子的距离望你
你是我萍水相逢的爱人

放下吧，我唯一的亲人

放下吧，我唯一的亲人
一双眼睛陪你孤单
白天是太阳，晚上是月亮
形影不离是风，当你安然入眠
风停的地方是我的臂弯

从明天起，晨读、远行
在一竿青竹前检醒自己
面对如黛青山，坐成一棵你依偎的苍翠
即使低落如一泓秋水
也为远归的你，接风洗尘

女　人

女人如水，属性阴凉
嫁个老公，去寒
娶了个妈宝，大雪
又生了儿子，雪上加霜

因为这一老一少
两个儿子
耗尽女人一生的春华
还好男人没有小三

致林冲

此时不杀，再杀就难了
言罢，吐血而亡
掩书一声叹
糊涂呀，八十万禁军林教头
英雄气短
断了多少英雄末路

忍，“心”字头上一把刀
待他人亡势去
刀劈棺椁
再借子胥长鞭，如何
放在当下，我助你破盒扬灰
一吐胸中块垒

车过开封

一切都会消逝
森严壁垒抑或茅屋瓦舍
从东京汴梁到如今
麦子割了一茬又一茬
车过开封，这样的念想愈发清晰
轮下六座城，人梯式矗立
活化石无法复活，我们死了不会重生

多少未知的魂魄
多得像看不见的微尘
可怜那些阴宅墓穴
像生前一样贪婪
死后也不忘夺子孙的口粮
怀抱子，子抱孙
春秋梦尽，还是开封府外万顷禾苗

假如我活得稍久一点
一定挨门挨户寻找权势的归宿
只是不会用手叩门
我会用脚
踹开生前的不可一世

多巴胺

爱与不爱不需掩饰
多少人，口是心非表里不一
来一个核磁共振脑部成像
多巴胺稀有者，免谈
把时针拨回把胶卷曝光
把胎儿退回胚胎把胚胎退回精子
我为你敷膏疗伤
火星上，我们过家家
没有了人言可畏
你我也毋须独来独往

注：纽约大学研究显示，通过核磁共振，让一个人看他伴侣照片，然后进行脑部扫描，发现爱一个人时，会分泌大量多巴胺，反之则很少。

遇见光，是你一生的悲哀

决定缩成一盏日光灯
发出太阳颜色
替黑夜中血色的花睁开明眸
一大堆卫生纸扔在
杂乱无章的地上

你喝了一杯陈年干红
苟且之后，拍了拍
布料上好的半截黑西装
下半身思考的人
上半身不会忘了披件亮丽
从排列好的词汇里
随机抽取：客户、会议、聚餐
这些已习以为常

出奇得若无其事

你抹了抹嘴边一丝鱼腥
一只黑公鸡昂头踱出鸡窝
只是有些懊恼
一只哈士奇吃起醋了
权当一只流浪狗
摸了摸手腕的伤
为找到这样圆满，沾沾自喜
多年前你肢体的缺失
耗去一朵花的鲜艳与花期
骗子的词典没有“欠”字

假如欺骗能打开一扇天窗
一束光，便能把你打回原形
撕去画皮，你比多年前还要影响胃口
农夫走了，少女来了
光如刀，断蛇七寸
遇见光，是你一生的悲哀

妹 妹

那个新婚之夜
前任找上门
热情接待，却被醒来的丈夫
打了一个耳光的人
是我的妹妹
至今，她也不明白为什么挨打
偏僻的工地
有人看到她骑着一辆脚踏车
拖着一百斤焊条
寒风中，晃着八十来斤的瘦弱

像一株海英草
随手掐一下
每一段都是苦涩
人流了，在医院走廊站一会儿
就去学校接孩子

因为怜悯，被一个三十岁的瘸子
连哄带骗拿了证
那时她十九岁
多年后，瘸子挽着小三
丢魂似的立在那里的，是我的妹妹
伽西莫多死了
缺失比丑陋还可怕
有了钱的瘸子不屑过去

把白雪公主
送回雪白世界
把那本《悲惨世界》
撕得粉碎
而我把这首诗贴在变味的躯壳
五行山下，我是转世而来的高僧
驯化你前世的孽障

写给妹妹

我所知道的妹
不住在吊车林立的大院
隔壁就是无际的盐田
膝边也不围绕孩子和一群单身
一跳一动
一条大辫子惹来一对洁白的海鸥

我所知道的妹，不泡在黄连里
走出长长的百家巷
不再是摆设或某种工具
把妈妈代开的那张介绍信随风扬弃
黑的更黑白的更白
我为我姗姗来迟，道声歉意

我所知道的妹
居住很久以前的照片里

每一张留影都住着一个我未曾
谋面的美
我唯独对她一见如故
感觉盐粒般的白玉无瑕

吻

我把世界关在门外
有什么比两片温润
更让我感觉人间的一丝留恋

切断所有来此的路径
我把双唇贴近两片花瓣
微醉，安神，飘飘然

唇间含着两片殷红
你感觉我的柔情似水，我则沉浸于
一朵海棠花的妩媚

今夜，雪落在无眠的土地（组诗）

今夜，雪落在无眠的土地

落泪如雪啊！一夜之间白了大地额头
苍天无眼，偏偏六月缟素
每一片晶莹，都是你伤心欲绝的悲哀
每一朵雪花，都是曾经沧海熬出的泪
我长跪不起，让一头白发覆盖我前世今生

我看见两只蝴蝶翻飞，宛如两片雪花
哪一只是你？哪一只是我
在这冰天雪地的尘世，化蝶飞舞
当悲哀一夜白发
一曲《梁祝》，诠释最美最忧伤的爱情

给大地挖一个坑，用来储存你的泪水
飞来的草籽，咽不下这口苦水
水瘦山寒的季节，还你一池的晶莹剔透
雪偏遇一地白霜，一对天涯人
在肌肤相亲之后，沦落成一对雪人

今夜，雪落在无眠的土地
抱枕而眠，枕头在我怀里沉沉睡去
一位梦游者与另一位梦游者
梦里相拥而泣
无雪一身轻，你为我抖落了一身积雪

滴血成印

又到一月五，又是雪花翻飞
雪落了雪化了
襁褓里的孩子满地跑了

整整两年了
即使相思，也长出红色的果子了
即使悲哀，也快成人了

一只狼在雪地上奔跑
这是一幅画：背景辽阔，画风悲壮
张挂在苍凉的天穹下

我咬破手指，滴血成印
大地雪白的肌肤
我以我的血为你落款一枚鲜红

雪花如刀

又至岁末，小寒
天空飘起了雪花，阴冷恰似一把把刀
我穿着你给我置的大衣
宛如一副铠甲，此起彼伏的刀海中
让片片温柔纷纷落地

偶尔两片落在脸上，一如你温润的双唇
两情两悦的日子
被大雪压进了一部厚厚的童话
搁置在水榭花都 18－17
高高壁炉上，等你归来慢慢打开

我会在一个春暖花开的日子
用我低沉富有磁性的嗓音为你朗读
一切都已过去了
你神态安详，深情地望着我
那是很久以前的事了，我娓娓道来

所有的苦难都会雪融，我的思念会用尽
万物也会回到原来
我们来过，也会永远离开
不论权贵还是卑微
我们曾经彼此相爱
现在，将来，直到永远

眼　睛

右边为太阳左边为明月
然而命运多舛，一支箭暗淡了月色
可我还有一轮太阳
暮色时分，你乘机北去
缓缓地消逝在西方的天际线
此时，我如同一个盲人
坐在你曾经栖息的海边，静等日出

黑玫瑰

一空百了，我突然读懂了你
视死如生，哪儿不是如来

最好一对孤儿，一生未娶或未嫁
睁与闭，都了无牵挂

念想太多，你把自己丢在了牢笼
我死在无眠的深夜

亲爱的，不要伤心
离开这世界，乃不幸之万幸

唯一的遗憾，没有好好爱你
在你最需要的时候，长久没有出现

有时我还无端吃醋，唠叨不停

不会再打扰了，使你难过或悲伤

每年祭日，路过的时候
别忘打声招呼，你我毕竟夫妻一场

我只在乎你，生死如此
冰冷石墓里，仍能感觉你的气息

打马归来

盐埂上的女孩在看什么
如果不看她手中拿着一柄木铲
她专注的样子，会让人以为
她就是上天送给人间
一尊完美的雕塑
蓝天、海水，远处的马山
万物都以该有的样子
为她保持着该有的静止

落日越来越西沉了
我马不停蹄，冷落了多少驿站
没有人明白，我为什么风雨兼程
当我一拽缰绳站在你面前
你是否知道
你梦中的白马已经归来
遗落滩沟的一柄木铲
被你攥在掌心，又是多么幸福

泪，脱靶而去

苦痛被挂起，泪或雨
压抑久了，终将脱靶而去
不受体制的羁绊
沙漠里的梭梭
怀揣一团炙热的沙粒，作宁静状
一念如此，便万箭齐发

必须落进你的沙盘
哪怕过往的人，熟视无睹
哪怕整个世界失去公允
沙漠的风涌进袖口
我感觉你的寂寞
爱你的人，已用泪雨将它填满

在凌晨三时的门槛

夜深了，万物昏沉
连月亮也睡着了，夜扯一袭云纱
轻掩她皎洁的面孔
我把你别时那件棉袄
放置身边，如你依偎而眠

一只夜莺，盘桓于城市的上空
歌声划破夜的静谧
晶莹的露珠，夺眶而出
大地的睫毛，滴满了忧伤
一个歌者走在天上，倒挂着身影

有什么人，比我更爱你
站在凌晨三时的门槛
失眠像昼夜更迭，那些仰望者
早已醉心于梦乡
可我是你的夫君啊，你是我的娘子

远　方

假如给我无尽的黑夜
我给黑夜准备一张无际的网
你慢慢设套我悄悄撒网
一时火起，网红你半壁江山

假如给我无际的苦难
我给苦难准备一张温暖的床
让它在安逸中死去
我在临界点淬火成钢

这张网疏密有致
流逸了多少夜色苍茫
这张网井然有序
起获了多少月华星光

爱不是谎言

爱是雁丘故地的一曲绝命词
苦难是忠贞的试金石
相知是恩爱的催化剂

这世间，只有我如此爱你
不分白昼与夜晚
爱你苦难的灵魂爱你过往的岁月
以尊严以及全部的生命

把所有的不幸兑换成诗行
以诗集的形式遥递
只为在扉页上，写下一行
谨以此，献给远方的你

在余下的时光里，多多地爱你

一盒火柴终于敞开禁锢
露出白的杆红的头
不多不少，像余下的日子
打马归来，我像一位不速之客
这一切如此真实不像梦里

又是一年四月
一如既往点燃你生日的蜡烛
火苗宛如跃动的心
你的美丽与你手执丑陋格格不入
左为男右为女，左掌吻合右掌
祈祷，让所有不幸戛然而止

一切都是暂时，恰如短暂的黑暗
安徒生的光芒洞穿半生的薄凉
一觉醒来，想到的还是你
我要在余下的时光，多多地爱你

绶　带

黑色撇旦斜挂成一道
功勋绶带
刀走心尖
遁去了飞矢剑雨
一切司空见惯
光脚，我照样站成一尊雕塑
缄默的面孔
闪现一抹不易察觉的微笑

岁　暮

关于一年的记述，一本诗集的意义
最好忘怀，鱼塘水落鱼出
一辆运水产的车，匆匆驶向报废站

在临水的丁字篷，我席地而坐
一年中的最后一天，车又恰巧停于此
寻思这滩涂和河流，心越发苍凉

养殖的牧人早已回到城里
活着在哪都不易
夕阳如血，一张创可贴束手无策

我，是被热浪遗弃的人
干脆喜欢寒风和寂寥，像晃动的芦苇
爱上这无际的旷野

答昕莹

师父：你像一种花
莲花，出淤泥而不染
不轻易感动的心
从此变得更加晶莹剔透

尘世的风俗万千
不是污淖又何惧渠沟
每一朵玉洁
都是一颗卓尔不群的灵魂

等

有什么比寺庙边上的一根青竹
更孤凄的呢
一个等字，离凡尘远了，离佛近了
但是我的心，却如拦腰切开的青竹
除了一汪清泪，空空如也
在不尽的等待中，忧思成疾

今晚，一起入梦

今晚我们一起入梦，好吗
迅疾的脚步就此打住
我只能往上走，在两条溪流相挽的节骨点

所有的河流都在狂奔，你迟迟未来
这世界我只在乎你，让溪水回转堰塞成湖
多么清纯的时间里分不清彼此

湖光山色，我像一个修行之人
不显一丝波澜，内心深处住着一位菩萨
我要独自面对，这万顷波涛

我一直守在这里，你走了我就是你
我走了你就是我，一条溪流汇入另一条溪流
一个人的梦进入另一个人的梦

撸铁之外（组诗）

活着，比你多片时光

一个把健身器械，想成十八般武器的人
该有怎样的江湖情结
假如此时宿怨，陌路相逢
一招左右开弓，抑或俯身飞鸟
该是多么的快意
于是这些冰冷的家伙，教我血脉偾张

每一个动作，都是与敌过招
稍有疏忽，就会永世不得翻身
硬拉、深蹲，这些枯燥动作
教我专注起来
拉得起，放得下

天地间，从未有过的安稳与伟岸

在更多的时候，我把一招一式
写上你的元素
譬如推举，想成绝处逢生
把你高高地上举，才能脱离这无际的苦海
譬如夹胸，我只有双臂合力
才能相拥你于地平线之上

为什么挥汗如雨，为什么如此力竭
再度重逢，让你看我脱胎换骨
不知道该如何描述，每一次抓握前的长啸
是不是一种能量转换
几处鼠窝，择址在缄默的火山口
因此逃过一劫

如此往复，练成你喜爱的人鱼线
你的虎背狼腰你的帅气阳刚你的如黛青山
人存于世，苍凉如水
阳光般地活着，只想比你多片刻时光
一株木棉长睡在山的脚下
山塌成一堆坟茔，拥你入怀

挤尽最后一滴汗

扩胸、拉背、提踵
一次次外展，一次次提起
胸怀如此宽广，方能做你归来的依偎
面对生活的重负
脊背不弯，你才有一丝宽慰

你不在，我依然阳光
所有力气用在撸铁
许多人惊叹，我使不完的力
可亲爱的，只有我知道
挤尽最后一滴汗，才能没劲想你

大　卫

风肆虐着，剥去我所有的尊严
借风一把刀
一刀刀，雕刻成你梦中的模样

刀在手，向天笑
即使一座炼炉又如何
你眼角的晶莹，淬就铮铮铁骨

当我重新挺立起来
我远在大洋彼岸的爱人啊
我是你横空出世的大卫

这还远远不够
不可或缺的，是与生俱来的坚守与忠贞
即使八面来风

公主抱

一刻不停地往前走
在下一个路口，我相信你会看到我
像一条蛇蜕化成龙

一根树被重压成弓状
反弹过去，给风一个耳光
挺直的脊梁，仿佛你面对我的伟岸

我对杠铃站姿双臂弯举
为什么情有独钟，不多不少九十八
因为那是你的体重呀

所有的苦难，在我拦腰抱你的刹那
化为乌有，当着世人的目光

我把对你疼爱，毫无遮隐地大声宣告一遍

撸铁之外

我爱上了健身，近乎执着
用在她身上的时间，超过了写诗

我要好好活着，成为你的永远
你我再度重逢
人群中，你一眼认出我
还是当年那样，阳光帅气
只是肩膀宽了，腰杆更直了
从今往后
我是你的拐杖你的依靠

午后的时光，念一首多年前的诗
那时刚刚相识，爱情像诗歌一样美好

面　具

你敢打开鸟笼
你敢还我一双翅膀吗
我已遍体鳞伤
你敢给我一把刀吗
我长久未眠
你敢给一瓶安定吗

锤与钉
封闭草木与春风
瘦小的头颅迎向狂妄
结束了一颗子弹的性命
一个要面子的人
最终被风掀开了面纱

一切防不胜防
当我们把天鹅都想成洁白
黑色便乌云般笼盖牧场
狼已进化到极限
拥有了羊的慈眉善目

蛇之舞

为了 这瞬间的静美
蛇，蛰伏了一个冬季

低调中，一丝张扬
即兴之舞，惊蛰之后落叶之前

我和祖国有个约会

想在记忆之外
我该和你有个约会
是在蒹葭苍苍的河洲
还是在六朝故地的城中
要不，这上下五千年的恋情
为何了然于心

我把你的自传
一套中国通史，放在案头
该从哪部读你
你的前世，还是今生
我把你的画像
一幅中国地图，贴在斗室
该从何处欣赏
你的富饶，还是美丽
阅读是一种交谈

我与你谈兴正浓
有些话题很沉重
沉重得使我有点窒息
有些话题很轻松
轻松得使我感到愉悦

手持一柄放大镜
我把你微缩的画像放大
九百六十多万平方公里的画作
我融入其中
身临其境，方能领略
你的博大与广袤
下一个约会将在何处
我无法把握
未来隔着一层云雾

假如生命真有轮回
愿这首诗成为我的信物
在下一个千年的门槛
祖国！请等我

让大海作主（组诗）

让洋流决定一片风帆何去何从
让潮水裁剪一朵浪花花开谁家
你说不算，我说不算
在这里，一切让大海去裁决

椰子落地了，礁石何时千疮百孔
我把五指深深插入海滩
无数贝壳的细屑，还有少数沙砾
教我想起曾经生动的面孔

一个把天涯视为西蜀的人
该有多么辽阔与蔚蓝
一个把香草兰敬为三尺神明的妹子
是大海许诺我的娘子
相识便是沦落，一别便是天涯
海判我为你永生永世的相公

一切让大海作主，我只相信大海
请给我一场旷世奇绝的婚礼
两条鱼穿越时空，逃离愈来愈近的陆地
一场蓝色的生死恋在南中国海悄悄进行

天涯海角

沦落至此，只为相识一场
一步步沉重，平衡欠你的诺言
在天涯，我只想站成你
咫尺之远的一块巨石
上书海角
与你在蓝天碧海间比肩而立

天作穹庐，你就走不出毡房温顺
一个把天抛开的人
视野在云外，心在九霄之上
把地视作砧板，你就逃不出兔死狐悲
一个把地踩陷的人
不妨转过身，前方自有万顷碧涛

马蹄草

在南中国海，这片寂寥的海岸
眼光如一只片鸥，掠过你无际的忧伤
心境配不上如此静远与辽阔

向天空与海洋学习
或者像一棵马蹄草那样
内敛、朴素，裹紧菲薄的一生

没有哪片叶子为这个世界定制

该用多大的手掌才托起眼前的蔚蓝
让汹涌澎湃掌控于胸襟之内
该有如何的豪放才视苦难为常态
把一切失意放逐于大江东去
在上苍的眼中
夺一城池与输一场棋，一样忽略不计

又是枯雨季节，广袤的非洲草地上
羚羊骸骨边上，一具狮子的骨架
被强劲的季风吹得七零八落
万里之外，一座前朝的功碑被后来者涂鸦

歪脖子的霍金劝人们逃离地球
我们都渺若微尘，却沉浸在主宰者的神话

黑洞吞噬太阳，无视狂妄终将万劫不复
我们能毁灭却无法逃避
时间面前，没有胜利和失败
大人们从儿童起，习惯于堆积木
伤痕累累的星球上积木为城
一条大江掉个尾，便扫去所有的痕迹

偶尔我们也恨，偶尔我们也爱
但浮云遮眼不知身在何方
把公吏想成正义把狐狸眼屎想成春雨如泪
脱下袈裟便露出酒肉本色
一座碑倒了一座碑又竖起来，周而复始
没有哪片叶子是为这世界定制